MW00904903

Fleurs d'encre

JAFFABULES

PIERRE CORAN

JAFFABULES

Illustrations :
Gabriel Lefebvre

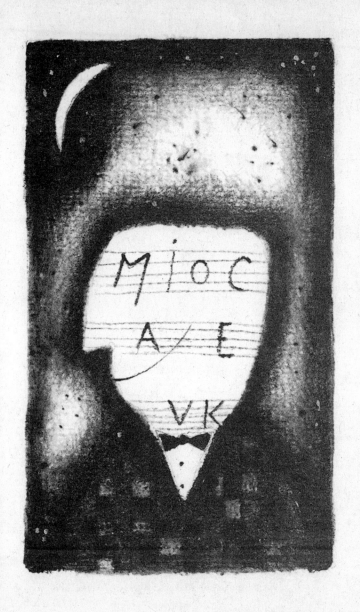

Jaffabules

J comme Jeu
> Jeu de mots
> Jeu de rythmes
> Jeu de rimes

Les JAFFABULES, qui ont une L,
de page en page, papillonnent
au-delà des rangs, par-delà les murs,
sans compartiment, sans clôture,

> du TEMPS au TAON
> du HÉRON au HARENG,
> du RAT au RAZ,
> du CORBEAU au BOA,

de l'AIGUILLE à la BOULE,
de la MITE à la MOULE,

> du CASTOR au HIBOU,
> du FAKIR aux CAPSULES,
> de l'HUÎTRE au KANGOUROU,
> du COQ aux LIBELLULES.

Elles sont MONTS à défaut de merveilles.
Elles sont TONS comme fruits au soleil.
Elles sont SONS et méli-mélo mélodique
dans le monde des mots qui font de la musique.

A	Par le jeu des anagrammes,
A	Sans une lettre de trop,
N	Tu découvres le sésame
A	Des mots qui font d'autres mots.

G	Me croiras-tu si je m'écrie
R	Que toute NEIGE a du GÉNIE ?

A	Vas-tu prétendre que je triche
M	Si je change ton CHIEN en NICHE ?

M	Me traiteras-tu de vantard
E	Si une HARPE devient PHARE ?

S	Tout est permis en poésie.
	Grâce aux mots, l'IMAGE est MAGIE.

Magie

Merveille !
Le Soleil
Est tombé dans l'eau.

Mer veille
Le Soleil
Dans la nuit de l'eau.

Merveille !
Le Soleil
Est sorti de l'eau.

Mer veille.
Elle éveille
Des vagues d'oiseaux

Qui hèlent,
À fleur d'ailes
L'aurore nouvelle.

La vitre bleue

Sur la vitre bleue
Des fenêtres blanches,
Le ciel s'endimanche
Même quand il pleut.

Au gré des saisons,
La vitre protège
Tant de papillons
D'été ou de neige

Que la nuit aidant,
Parfois il me semble
Que le verre en tremble
Sans le moindre vent.

Quand le jour se lève
Dans la vitre bleue,
Le rêve s'achève,
Je cligne des yeux.

Au bout de la nuit,
Le soleil prend feu.
Et la maison bruit
Sous la vitre bleue.

La Lune à voile

La Lune
Est à la une :
Elle fait de la voile.

Lune à voile vole, vole,
Lune à voile vole haut.

La Lune
Est à la hune
D'une jonque d'opales.

Lune à voile vole, vole,
Lune à voile vole haut.

La Lune
Est le fanal
De mon rêve de toile.

Lune à voile vole, vole,
Lune à voile vole haut.

Elle étoile des oiseaux.

Puzzle

Syllabe 1 : é,
Syllabe 2 : lé,
Syllabe 3 : phant.

Avec du papier collant,
Tu obtiens un éléphant.

Syllabe 3 : phant,
Syllabe 1 : é,
Syllabe 2 : lé.

Si le colleur s'est trompé,
Éléphant est faon ailé.

Neuf vers avec prière
de rouler les r

Rare est le rat
       D'eau
Qui ne rit pas
       Haut
Quand la robe pêche
Des radis en fleur
Change de couleur
Sous la râpe rêche
D'un raton laveur.

Raz

La mer a mangé le sable.
Le soleil a bu la mer.

Il ne reste sur la table
Que le couteau et le verre

Où s'abîment les éclairs
De la planète en colère.

Pirouette

1, 2, 3, 4, 5, 6, 7,
J'ai fait une pirouette.

1, 2, 3, 4, 5, 6, 7,
J'ai déchiré mes chaussettes.

1, 2, 3, 4, 5, 6, 7,
J'ai marché sur mes lunettes.

Pirouette,
Sans chaussettes !

Pirouette,
Sans lunettes !

Sans lunettes sur le nez,
Depuis, je suis mal luné.

Qui ?

Qui scalpe les chênes,
Les bouleaux, les frênes ?

Dans les bois qui fument,
Chemins cheminées,

Qui sculpte la brume
En ronds de fumée ?

Ce n'est pas l'automne,
La foudre qui tonne,

Ni le vent félin.
C'est l'été indien.

Fakir bègue

Un fakir
Bégayait,
Bégayait
   Tant
Par mo
Par mo
Par moments
Qu'il changea
Un ser
Un ser
Un serpent
En mètre pliant.

Si

Si les mille-pattes
Chaussaient des savates,

Si les girouettes
Portaient des lunettes,

Si les gélinottes
Mettaient des culottes,

Si les escargots
Se grattaient le dos,

Si les écrevisses
Avaient la jaunisse,

Si tante Héloïse
Perdait sa chemise,

Si d'une patate
Sortait un zébu,

Toi que rien n'épate,
T'épaterais-tu ?

Libellule
et Pipistrelle

Libellule et Pipistrelle,
De nuit, se sont fait la belle
Du Larousse universel.

Pour ne plus être à la page,
Elles ont, contre l'usage,
Dénaturé leur image.

N'en déplaise aux magisters,
Aux rimeurs de dictionnaire,
Aux diseurs et aux diserts,

Libellule et Pipistrelle,
Sous ma plume, sont rebelles
Du Larousse universel

Et s'articulent, virgule,
Avec une majuscule,
Libelstrelle et Pipilule.

Le o
et la dactylo

Une dactylo
Tape, tape, tape.

Une dactylo
Tape, tape trop.

Un des doigts dérape
Sur le mot « oiseaux ».
Il a tapé c,
N'a pas tapé o.

Ciseaux, aussitôt,
S'envolent, s'affolent
Dans les mèches folles
De la dactylo

Qui, sans hésiter,
En gommant le c,
À la tête sauve.

Si la dactylo
N'eût pu taper o,
Elle eût été chauve.

Timbre

Un timbre-poste
Pleure sa glu.

Le timbre-poste
Ne colle plus.

Nul ne le veut,
Nul ne le vend :

Le timbre-poste
A mal aux dents.

Poème souverain...

... contre les maux de tête
A répéter trois fois un lendemain de fête

Outre son clebs, un kleptomane
A six ibis et six iguanes,

Des faons, des paons, un jabiru,
Un uraète, un urubu,

Sans oublier huit chinchillas,
Autant de chihuahuas,

Un yack, un naja, un urus,
Un fou, un aurochs, un xérus.

Sauf ânerie ou quiproquo,
Ça fait un bel imbroglio.

Fil de pluie

Combien faut-il
De gouttes d'eau
Pour encorder un fil de pluie ?

En faut-il cent,
En faut-il mille
Pour toiletter un toit de tuiles ?

Il en faut moins
Que tu supposes
Pour qu'un jardin mouille une rose.

Mais aujourd'hui,
Il n'en faut qu'une,
Et ton nez luit comme une prune.

Orage

La pluie me mouille,
La pluie me cingle.
Sa pattemouille
Sort ses épingles.

Il pleut du vent
Et des éclairs.
Un zèbre blanc
Strie la lumière.

La pluie se rouille
Et se déglingue.
Sa pattemouille
Perd ses épingles.

Sous le ciel veuf
D'un soleil mort,
Je me sens neuf
Comme une aurore.

Giboulée

Un grêlon tomba pile
Sur l'œil d'un crocodile.

L'animal furibond,
En happant le grêlon,

Malencontreusement
Se brisa une dent.

Il cracha sa colère,
Le grêlon, la molaire

Sur la binette nette
D'un serpent à lunettes

Qui de rage, après coup,
Lui démancha le cou.

Le soleil reparut,
Et le grêlon fondu

Retrouva sans dommage
La rampe des nuages.

Arc-en-ciel

Quand le soleil pleut
Et que la pluie luit,
Le ciel met le feu
À son parapluie.

Il sort d'une étoile
Des pinceaux de poils
Et de la blancheur,
Sa boîte à couleurs.

Puis il effiloche
Un paon fabuleux
Sur le chapeau cloche
D'une ombrelle bleue.

Un jour, 1 voulut
Jouer au cerceau
Avec le zéro.

Il courut, courut
À en perdre haleine
Jusqu'à la dizaine.

Alors, par caprice,
1 devenu 10
Dribbla la centaine,

Tripla le zéro
Et s'arrêta pile
En plein dans le 1 000.

Le perce-oreille

Un perce-oreille
A démoli
Les murs du métro de Paris.

Il a percé
Jusqu'aux nuages
Une maison de douze étages.

Il fait des tas,
Il fait des trous,
Il fait des tas,
Des tas de trous.

Le perce-oreille
Croit — ô merveille ! —
Que tous les murs ont des oreilles.

Quatrains pour
trois oiseaux-lyres
et sept huîtres

LE HÉRON

Tel un **2** dans la brume
Décalqué au crayon,
Un saxophone à plumes
Becquette des poissons.

LE PERROQUET

Il vit en funambule
Et son bec est virgule.
Pour parler aux étoiles,
Il se fait haute voile.

L'AUTRUCHE

À défaut de voler,
Elle court et cavale.
Mais ses plumes égayent
Les Rois de carnaval.

1,2,3,4,5,6,7 huîtres
Dans leur parc font le pitre.
Elles jouent au cerceau
Avec leurs zéros.

Énigmes à rimes

Une poule a bu du fioul.
Elle est devenue marteau.

Une pipe a trop fumé.
Elle tousse du tuyau.

> Ce n'est pas tout à fait vrai,
> Ce n'est pas tout à fait faux.

Le cresson a mis ses bottes
Pour mieux patauger dans l'eau.

La taupe a pris le métro.
Elle a perdu ses chapeaux.

> Ce n'est pas tout à fait vrai.
> Ce n'est pas tout à fait faux.

La carotte a bu son jus :
Elle a une voix d'oiseau.

Si tu crois que rien n'est vrai,
Alors, tant pis, je me tais.

> Mais j'ajoute cependant
> Que tu as le cerveau lent.

La poule et le mur

Une poule sur un mur
Cherchait des bouts de pain dur.

Sur le mur, pas de pain dur
Mais un trou plein de fissures,

Et dans le trou, des cailloux
Que la poule, mise en goût,

Gloutonnement picora,
Deux par deux, puis trois par trois.

Que crois-tu qu'il arriva
À la poule sur le mur ?

Elle pondit un œuf dur.

L'œuf
et la chenille

Une chenille a pondu
Des œufs sur un chou cabus.

Jamais chenille avant elle
N'eut des œufs dans son tunnel.

Un des œufs pondu trop vite
S'est soudain tordu en huit.

Bien que l'œuf ne fût pas rond,
Sa chenille eut son cocon.

Elle vécut, en ermite,
Sur le chou, tordue en huit,

Jusqu'au jour où du cocon
Sortit un nœud papillon.

Le limaçon
et la coquille

De caisse en caisse, sur un quai,
Un limaçon déambulait.

Il arrivait au vagabond
De rêvasser d'une maison

Et d'avoir, tel un escargot,
Sa caravane sur le dos.

Un soir, il en découvrit une
Abandonnée au clair de lune.

Il y dormit, mais au réveil,
Il vit la nuit, pas le soleil.

Depuis, le limaçon s'éreinte :
La coquille est un labyrinthe.

Le chimpanzé
de l'archipel

Le chimpanzé de l'archipel
    A chipé
Cent sept sachets de chips au sel,
Les a mangés, caché, perché
Dans le clocher de la chapelle.

Le chimpanzé de l'archipel,
    Assoiffé,
Trouva de l'eau dans la chapelle,
    La but d'un trait
Et d'un coup moucha vingt chandelles :

    C'était de l'eau
    De vaisselle.

Le dromadaire

Un dromadaire est plus myope
      Qu'un périscope
      Dans le désert.

      Pas un insecte
      Ne le respecte,
      N'a peur de lui.

      Mouches et taons
      Jouent sur sa bosse
      Au toboggan

      Et du tambour
      Sur sa cabosse
      De ruminant.

      À bout de nerfs,
      Le dromadaire
S'est offert une moustiquaire.

Le chien
de l'informaticien

Le chien
De l'informaticien
Ressemble à n'importe quel chien,
        Sauf sur un point.

Le chien
De l'informaticien
Retrouve tout ce qu'il enterre
        Dans les parterres.

Le chien
De l'informaticien
Programme, selon leur odeur,
Ses os dans un ordinateur.

Le serpent teint

Au zoo, un serpent
S'est teint tout en blanc.

Dans sa cage, il braille
Qu'il est un devin.

Il loue ses écailles
Et vend son venin.

Il se parachute
Devant le gardien,

Lui joue de la flûte
De charmeur indien.

Il crache du feu,
Il pond sans douleur

Puis sort de ses œufs
Des foulards à fleurs.

Pourtant, aujourd'hui,
La cage est muette.

Quelqu'un a écrit
Sur son étiquette :

« Serpent à sornettes. »

La grenouille

Une grenouille
Qui fait surface
Ça crie, ça grouille
Et ça agace.

Ça se barbouille,
Ça se prélasse,
Ça tripatouille
Dans la mélasse,

Puis ça rêvasse
Et ça coasse
Comme une contrebasse
Qui a la corde lasse.

Mais pour un héron à échasses,
Une grenouille grêle ou grasse
Qui se brochette ou se picore,
Ce n'est qu'un sandwich à ressorts.

Le hareng
picador

Dans le port, un hareng-saur
Prétend qu'il est picador.

On rit de lui, on pérore,
À bâbord et à tribord.

On croit que le hareng-saur
A soudain perdu le Nord.

Le poisson n'est pas d'accord.
Il répète, haut et fort,

Qu'il se sent un picador.
Et jamais il n'en démord !

Or, qui peut de prime abord
Lui donner tout à fait tort ?

Le hareng sortit de l'œuf,
En mai, le matin du 9.

Dès lors, il est né dans
l'eau Sous le signe du Taureau.

Le boa
et le baobab

Un boa sur un baobab
Se pavanait tel un nabab.
Il se disait royal et fort
Comme Nabuchodonosor.
Aussi voulut-il par la force
Impressionner un ver d'écorce.

Il soutint avoir mis à mort
Six judokas alligators
Et vaincu au zoo de Lima
Deux kangourous karatékas.
Mais le ver de bois ne crut pas
Les bobards du boa béat.

Contrit, contraint, le constrictor
Se détendit tel un ressort
Autour du baobab géant.
Il l'étrangla tant, si longtemps
Qu'au petit jour, noué, tordu,
Le boa brisé en mourut.

La girafe
a-t-elle bu ?

La girafe a-t-elle bu,
Trop dormi ou trop couru ?

Elle titube, elle tangue,
Elle va tirant la langue.

Comme un épi sur sa tige,
C'est le vent qui la dirige.

La girafe — quoi qu'on dise —
N'a pas commis de sottises.

Mais de la tête aux sabots,
Trop vite, elle a grandi trop,

Et depuis, long cou oblige,
La girafe a le vertige.

Le corbeau blanc

Un corbeau blanc
Venu d'ailleurs
Hante les champs
De sa blancheur.

Il émerveille
Par son éclat
Maintes corneilles
Et maints choucas.

Quand un rapace
Fait son guignol,
Il lui croasse
Un rock and roll.

Puis il s'envole
Blanchir ailleurs
Une corolle
De ramoneurs.

Aïe

Je me suis cogné la tête.
Sous mon front bout la tempête.

Mes tempes battent tambour
À me rendre soûl et sourd.

J'ai l'arcade grenadine.
Mon miroir me trouve laid.

Violette une colline
Me pousse au-dessus du nez.

Mais qu'importe si j'ai mal,
Mal au crâne et aux cheveux :

Une myriade d'étoiles
Jongle et danse dans mes yeux.

Une aiguille
dans le foin

Une aiguille
Dans le foin
S'est jaunie
De chagrin.

Pleura tant,
Tant pleura
Que le vent
La rouilla.

Une aiguille
Dans le foin
S'est jaunie
De chagrin

Nul ne sait, à part moi,
Qu'elle a perdu son chas.

Boule de laine

Le soleil a de la peine
À s'asseoir sur l'horizon.

    Boule de laine,
    Boule de plomb.

Le ciel gris a la migraine
À compter ses blancs moutons.

    Boules de laine,
    Boules de plomb.

Le vent gonfle les baleines
De mon parapluie ballon.

    Boule de laine,
    Boule de plomb.

Je m'encours à perdre haleine.
Pas de veine ! Un limaçon !

    Jambes de laine,
    Jambes de plomb.

L'évêque
et la mite

Une mite a fait son nid
À l'évêché de Paris.

Elle a mis ses œufs au sec
Dans la mitre d'un évêque.

Elle a rongé les rubans
De soie et de satin blancs.

Mais évêque, à juste titre,
En chaire de vérité,

A dit que, dans une mitre,
La mite est calamité.

Alors, loin de l'évêché,
La mite a déménagé.

Elle a mis ses œufs au vert
Dans le col d'un pull-over.

Le poulpe
et la moule

Sur un dé fendu,
La moule a moulu
Un poisson-scie cru.

Avec la farine,
La moule a moulé
Des boutons nacrés

Qu'elle s'est collés
Sur l'aigue-marine
De son bouclier.

Un poulpe goulu
Goba, d'un seul jus,
La moule aux boutons.

Mais dès la rapine,
Le poulpe glouton
Fut défiguré.

Comme une bottine
Ou l'accordéon,
Il a de l'acné.

Le hobby du hibou

Un hibou a un hobby.
Il collectionne les nids :

Nids de pie,
Nids de paon,
Nids de poule,

En toupie,
En turban
Ou en boule.

Le hibou en a partout :
Plein son lit,
Plein son trou.

Mais il te donnerait tout
Pour un seul nid de coucou.

Le castor
et les capsules

Un castor de l'Orénoque
Collectionne des capsules.

Il les astique et les stocke,
Il les modèle en modules,

En brimborions et breloques,
Pendentifs et pendeloques

Pour les loutres noctambules
Qu'il escroque sans scrupules.

Un jour, l'escroc finira
Comme un lapin angora :

Il sera vendu en toques
Sur les quais de l'Orénoque.

Les mains blanches

Comme des mains blanches
Au-dessus de l'eau,
Deux fleurs font la planche
Entre les roseaux.

Un martin-pêcheur
Choisit pour perchoir
Un saule pleureur
Qui devient plongeoir.

Sous les nénuphars,
Au fil des courants,
Glissent des foulards
De soie d'Orient.

Un caillou de plumes
Est entré dans l'eau.
Un poisson d'écume
En sort aussitôt.

Et les deux mains blanches
Promues oiseleurs
Cueillent l'avalanche
De l'arbre qui pleure.

L'oiseau
le plus curieux

L'oiseau le plus curieux
Est l'hirondelle bleue

Qui va, de fil en fil,
Entre deux moucherolles,

Écouter le babil
Des moulins à paroles.

L'oiseau le plus curieux
Est l'hirondelle bleue

Qui peut, dès le printemps,
Plein soleil ou plein vent,

Savoir jusqu'à l'automne
À qui tu téléphones.

Le kangourou

Un kangourou
Est plutôt cloche.
Il a un trou
Dans sa sacoche.

Comme il perd tout
Ce qu'il y met,
Le kangourou
Paraît benêt.

Mais il l'est moins qu'il en a l'air :
Le kangourou s'est offert
Une fermeture Éclair.

Kif-kif

Quand j'écris YACK, que vois-tu ?
— Le Tibet,
    Un talus,
    Un bovidé
    Et moi dessus.

Quand j'écris YAK, que vois-tu ?
— Le Tibet,
    Un caillou,
    Le bovidé
    Et moi dessous.

YACK ou YAK, mot pour mot,
C'est kif-kif bourricot.

La libellule

Quand passe dans les cieux
    Un hélicoptère,
La libellule bleue
    Pique une colère.

Elle rage, râle et rogne,
Elle gronde, griffe et grogne.
Pourquoi semblable fureur ?
Elle veut des droits d'auteur.

Crête de coq

Un coq s'est battu
Si fort qu'il n'a plus
Sur le cou, la tête,
Ni plumes, ni crête.

Depuis le combat,
Peu à peu, en douce,
Les plumes repoussent,
Mais la crête pas !

Hier, dans le pré,
Sur son ciboulot,
Le coq s'est collé
Un coquelicot.

L'ibis

Un ibis avait un bec
Comme le sabre d'un cheik.

Aussi, notre volatile,
Au mépris des crocodiles,

Becquetait, becquetait-il
Des serpents, le long du Nil,

Becqueta, becqueta tant
Qu'il mourut en becquetant.

Dans le ventre de l'ibis,
On trouva deux tournevis,

Deux tubes de dentifrice,
Deux épingles de nourrice,

Deux étoiles de police
Et deux balles de tennis.

Un ibis avait un bec
Comme le sabre d'un cheik.

Puisqu'il trouvait fabuleux
De becqueter tout par deux,

De Port-Saïd à Tunis,
On l'appela l'ibis bis.

La sauterelle

La sauterelle
N'a pas d'échelle.
La sauterelle
N'a pas d'échasses.

Mais elle saute,
Saute et ressaute
Dans l'herbe haute
De la terrasse.

La demoiselle
Se fâche et mord
Dès qu'on l'appelle
« Patte à ressort ».

La sauterelle
N'a pas d'échasses.
La sauterelle
N'a pas d'échelle.

La sauterelle est élastique.
C'est une bretelle à musique.

L'hippopotame

Pour plaire à sa femme
Qui le trouvait gros,
Un hippopotame
A fait du judo.

Pour plaire à sa femme
Qui le trouvait laid,
Un hippopotame
Fit du karaté.

Quand l'hippopotame
Se vit mince et beau,
Il dit à sa femme
Qu'elle pesait trop

Et qu'elle avait l'air,
À côté de lui,
D'une montgolfière
En papier verni.

Pour plaire à sa femme
Et avoir la paix,
Notre hippopotame
Redevint plus laid.

Il mangea sans faim
Tant de soupe aux herbes
Que sa femme enfin
Le trouva superbe.

Parapluie
de mer

Chiffon bleu nuit
Sur une plage,
un parapluie
Plie sous l'orage.

Chiffon bleu nuit
Dans les éclairs,
Le parapluie
Supplie la mer.

Le pépin nu
Pleure sa peine :
Il a perdu
Une baleine.

Le ver

Un ver de terre
Rêvait souvent
De devenir un ver luisant.

Pour se donner plus blanche mine,
Il se roula
Dans la farine.

Mais quand le ver
Éternua
Blanche farine s'envola.

Alors, le ver
Fut si déçu
Qu'il fit un trou et disparut.

Un chien,
un chat et un abbé

Un chien, un chat et un abbé
Sur un trottoir se promenaient.

Le chien trottait.
Le chat rêvait.
L'abbé priait.

Le chien vit le chat.
Le chat vit le chien.
Mais l'abbé ne vit rien.

Si bien que le chien s'élança,
Que le chat détala
Et que l'abbé, tout en prières,
Se retrouva sur le derrière
Avec son chapeau dans les bras.

Depuis lors, l'abbé a juré
De ne plus lire l'Évangile
Le long des trottoirs de la ville.

Ainsi soit-il !

Le cheval-vapeur

Le cheval-vapeur
N'est pas une bête.

Jamais il ne pleure,
Jamais il ne tète.

Le cheval-vapeur
Est un trouble-fête.

Rien ne lui fait peur
Et rien ne l'arrête.

Le cheval-vapeur
N'a ni queue ni tête.

Mais alors comment
Peut-il, s'il le veut,
Faire un tête-à-queue ?

Quoi de neuf ?

Feu fol est
Le feu follet
Qui couva l'œuf.

Feu fol
Est
Le feu follet ?

À l'an neuf,
De l'œuf dur
Sortit le Futur.

Table
des poèmes

Composition JOUVE – *53100 Mayenne*
N° 314989v
Achevé d'imprimer en Italie par G. Canale & C. S.p.A
32.04.2883.0/01 - ISBN : 978-2-01-322883-1
Loi n° 49 -956 du 16 juillet 1949 sur les publications destinées à la jeunesse
Dépôt légal : août 2010